KB003586

짧은 글

긴 호흡

박용범 외

머리말

짧은 글 긴 호흡

박 용 범

글이 두렵다 한다.
글이 불편한 속을 드러내고 있기 때문이다.
그럴수록 글을 써서
속을 뒤집어야
속내에 쪄든 묶은 찌꺼기가 털린다고 한다.
찌든 속을 비우고서야
글 앞에 당당히 설 수 있으려고
아직은 작은 속을 들춰내면서
짧은 글을 쓰고 있지만
함께한 글벗님들은 결코 작은 속이 아니기에 긴 호흡으로
동행하고 있습니다.

오늘 여기에
당신도 느끼는 긴 호흡이 짧은 글속에 있습니다.
단 한 줄을 읽었더라도
그 행간에 당신이 잊고 있던 기억 때문에 당신의 호흡이
멈출 수 있습니다.

차 례

■ 머리말

1. 언월도 박용범

2. 월광 김동광

3. 송원식

14. 라곰 김재근

15. 김경태

16. 향기로운 박미경

인연

언월도 박 용 범

풀리지도 끝나지도 않는 숙제
자르지도 끊을 수도 없는 문제

■ ps
갈라진 빈속에
냉수 한 사발 붓는다

사고 외

언월도 박 용 범

사고

너무 깊게 생각하면
아무 생각이 나지 않는다

현 하나 끊겼다고
노래가 달라지지 않는다

연 하나 끊겼다고
운명이 달라지지 않는다

시 트집

율과 틀이 없어도
시는 되지만
울림이 없이는
시라 할 수 없다

곡선이 없어도
여인이라 할 수 있지만
질투가 없으면
여인이라 할 수 없다

미련한 미련

언월도 박 용 범

굳이 내게 당신을 잊으라시면
그건
달팽이의 걸음으로
태평양을 건너고 난 후의 일입니다

때맞춤

언월도 박 용 범

알 만한 여자가 있었다
알려니
알 때가 지났다

쓸 만한 여자가 있었다
쓰려니
쓸 때가 지났다

볼 만한 여자가 있었다
보려니
볼 때가 지났다

시시때때로
찾아오는 여자
때마다
때를 놓친다

쓸쓸하지 않은 것처럼

언월도 박 용 범

바람의 가시가 앞가슴에 무성하게 박히는 날이면
아무에게라도 헐거워진 등을 기대고 싶다

어미

언월도 박 용 범

어미의 소리는
점점 파도 소리를 닮아 가고

어미의 입에서는
바다 비린내가 난다

어미의 가슴은
말라갈수록 깊이를 더해가고

어미의 작은 손은
바다처럼 커져만 간다

강

언월도 박 용 범

아버지의 강에는 사공 없는 배가 뜨고
어머니의 강에는 손님 없는 배가 뜬다

아버지의 강은 안개가 자욱하고
어머니의 강은 비가 가득하다

아버지의 강은 건널 수 없고
어머니의 강은 빠질 수 없다

예열음

언월도 박 용 범

봄이 오는 소리는
쩡쩡거리며 갈라지는
강 얼음 밑으로 오고

여름이 오는 소리는
그렁그렁 울어대는
먹구름 밑에서 온다

노파심

언월도 박 용 범

나비야
꽃이 흔들릴 때 앉지 마라

네가 앉아
꽃잎이 떨어질까 두렵단다

바람아
나비가 날아갈 때 부지마라

네가 불면
나비가 갈 길을 잃는단다

소녀야
시를 읽지 마라

시를 읽다
사랑에 빠질까봐 두렵단다

정체 외

언월도 박 용 범

정체

두개의 내가 있다
내가 아는 나와 내가 모르는 나

내가 아는 나는 내가 아니고
내가 모르는 내가 나이다

내가 아는 나는 나를 숨기고
내가 모르는 나는 나를 드러낸다

춘심 자극

봄바람에 간들거리는 꽃잎을 보고도
붓을 들고 싶은 마음이 없으면 시를 쓰지 말라

봄바람에 나풀거리는 여인의 옷고름을 보고도
치마폭이라도 잡고 싶은 마음이 없으면 사랑하지 말라

속셈

언월도 박 용 범

바닷길을 여는 것은 달의 농담(濃淡)이고
하늘길을 여는 것은 해의 흑심(黑心)이다

■ ps
시의 길을 여는 것은
세월에 대한 보상이다

정체

언월도 박 용 범

그렇게 촌스런 사람 처음 보았다
거울을 보니 그 촌스런 사람이 거기 있었다

아침 화폭

언월도 박 용 범

누군가 밤새 창밖에 목련을 그려놓았나 봅니다
창틀에 자목련 한 폭이 걸려 있네요

모정

언월도 박 용 범

삭풍이 둥지를 훑을 때마다
펼친 날개의 깃털을 한 움큼 뽑아
방세처럼 갚아나가야 했다
늙은 어미의 날갯짓이 초라하고
화려한 깃털의 색을 잃고
촘촘한 깃 사이가 듬성거리며
점점 낡아지고 있었지만
어미의 날개 속 깊이는
빠진 깃털의 숫자보다도
날아진 깃털의 거리보다도
끝없이 깊어만 가고 있었다

너라는 존재

언월도 박 용 범

모른 척 하기엔 너무 가까이 있고
잊은 척 하기엔 너무 깊이 새겨졌다

자연이 곧 선이다

언월도 박 용 범

볼을 스치는 바람과
코밑에 머문 꽃향기와
눈앞에 펼치지는 일출이
아름다운 것은
선이 있기 때문이다

이유

언월도 박 용 범

산 그림자가 강가로 길게 늘어뜨리는 것은 외로워서일 게다
나의 그림자가 창밖으로 서성이는 것은 누군가를 그리워서일 게다

시선

언월도 박 용 범

칼끝의 동선은 크게 그리나
시야를 벗어나지 못하고

붓끝의 동선은 작게 그리나
시야를 벗어나 있다

One more time

언월도 박 용 범

또
사랑하고 싶다
남은 가슴마저 사르게

또
사랑하고 싶다
끝을 모르는 끝을 보게

또
사랑하고 싶다
다시 살아 있는 것처럼

또
사랑하고 싶다
처음보다
더 아파도 좋다

아이러니

언월도 박 용 범

꽃을 보면 네가 생각나
근데 너를 보면 아무생각이 안나

알파와 오메가

언월도 박 용 범

끝을 모르는 처음은
마지막이 없고

끝을 아는 처음은
시작이 없다

삯꾼

언월도 박 용 범

하루일 끝내고
좋아하는 호두파이 한 조각을 베어 무니
시급이 씹혔다
순간 글썽이는 눈물은 뭐지?

동행

언월도 박 용 범

보폭이 다르면
걸음수로 맞추고

날개 끝이 다르면
날갯짓으로 맞춘다

같이 가기로 했기에
손을 놓지 않겠어

혼자라면
편히 가겠지만
황혼녘에서 고독하고 싶지 않다

어서 오시게
기다리는 손짓이 있다네

비루(悲淚)

언월도 박 용 범

너를 안아 너의 눈물을
그치게 할 순 있으나

너를 안은 나의 눈물은
그칠 수가 없구나

정

언월도 박 용 범

살점 하나 뚝 떨어지더니
섬이 되어 멀어진다

눈물 하나 뚝 떨어지더니
날개 되어 날아간다

홍시

월광 김 동 광

아내가 홍시를 사왔다
아내는 점점 할머니를 닮아간다

물의 언덕

월광 김 동 광

고래는 바다를 떠났다고 단정했지만
밤마다 검은 이별을 할 때면
누군가 그려낸 노랑 파랑 빨강 고래는
호로의 물길 따라 틈 좁은 골목을 올랐다

어느 지하방에서 여자를 희롱할 때
불쑥
그 여자 가슴에 얼굴 내민 고래
아,
거기 있었구나

달이 동백을 키운다는 언덕 어디쯤에서
물의 땅을 가리키는 하얀 손
다시 모호해진

남쪽 어딘가에 놓고 온
모항의 길

손돌바람 외

월광 김 동 광

손돌바람

결국엔 맞았다
소설에 부는 바람에 첫눈이 내리고

어머니

멈추어버린 시간은 회색의 세상
추위, 배고픔, 두려움
잡히지 않는 바람에 들리는 할머니의 말
야 야 조심하거라

분간할 수 없는 눈발

신은 죽었다고 정의한 니체
무한 의문만 남고
메말라버린 정의
낙타 사자 어린아이
쉽게 살아온 지금의 평온 갈증은 심하다

덮이는 대지

덧칠한 삶,
옳은 것인가 그릇 것인가 늪 같은 절망의 유혹

허무주의 냉소적인 시각
알고서 하는지
경험이 주는 교훈도 반복되는 실의에 지치고
교차하는 현실의 괴리감
밝지도 어둡지도 않은 회색의 시간

어머니

부정도 긍정도 아닌 정의 하지 못하는
태생의 지금
왜?

서러움 서글픔
다가가지 못하는 미운 마음
깨부수지 못하는 나약함
할무니 할무니 자!

초겨울 추위가 빨리 온 것 같아
첫눈이 많이 오면 풍년 든다는데 우리 내년엔 쌀밥 많이 먹겠네
봄이 오고 배롱나무꽃 질 때쯤 들판은 황금색이 되겠지
또 눈이 오고

침묵 외

월광 김 동 광

침묵

침묵 속에 갇힌 영혼
바랄 것 없는 체력의 묵상

삶

덕칠 할수록 엉망으로 간다
미완으로 남는 게 그나마 낫다

비가 오는 데

축축하게 흐르는 빗물
말없이 보내는 이별

미움 외

월광 김 동 광

미움

젖은 종이에 글을 적었다
마른 가슴에 너를 묻었다

꽃

꽃은 알았다 피고 시들음에
인연의 끝매듭을 계절 속에서

글

글 써 놓고 웃다가
화가 나서 지웠다

작별

무엇을 사러 갔을까
귀향 없는 하늘나라

아침

월광 김 동 광

구름 사이로 아침이 쳐들어온다
선봉대는 죽었어

아다다다 돌격 앞으로
황홀한 죽음

불 꺼진 간판

월광 김 동 광

도로위로 꽉 찬 활자가 느리게 느리게 가면
목적지와 도착지가 다른 하루가 의문처럼 그림자만 끈다

실종된 책자들이 시인들의 입으로만 구전 되면
어린왕자는 어디로 갔을까
골목 골목 외눈박이가 써놓은 암호
세 개의 기타와 드럼이 조율하는 거친 생의 노래들

아침이 오지 않을 거라는 불안함
휘청거리며 맞은 언어의 이중성 사라지는 글자들
아픔을 해장술로 달랠 수 만 있다면 밤은 없는 표현들이다
어느 중간 역쯤 내려버린
모호한 묻지 못하는 상실의 시간대
어두워 돌아가야 한다면 감각은 떨이로 팔아버리는
떡볶이와 어묵 같은 낱말

막차는 아슬아슬하게 탔다

아직 다 못 외운 유행가 가사가 있다

월광 김 동 광

뫼비우스의 길에 끝을 묻지 않으니 지루하지 않았다
무엇을 위하라고 생각지 않았으니 철학도 없고
단순함은 무식함을 자각하지 못하지만, 절망도 몰랐다

갇힌 틀 속에 단 하나의 관념어가 집요하게 쫓아오지만
배려를 빗댄 자존심으로 내버려 두고
작은 창으로 비추는 달빛을 은유로 삼았다

흩트려 놓은 낱말을 정돈을 못해서
낄낄 웃다가 혼나는 학동도 되고
모호한 사유를 흐리하게 풀어 객관적인 답을 피했다

계절은 순환을 반복하여 순치의 이치를 자꾸 말하다
걷거나 멈추거나 길 위에 있다
사념도 고뇌도 정점은 같은데 왜라는 물음표가 다르다

누군가 유행가 부르면 우린 춤을 추지만
꼭 즐겁지 않은 날들이 있다
어긋난 인연 같은 그런 시간처럼

꽃신 한 짝

월광 김 동 광

할머니 기억나 내가 처음으로 데려온 술집 여자
그때 미나리 반찬 하나로 밥상 차려준 것
다 쓰러져가는 움막에서 살던 때
할머니 갈치 좋아한다고 손질 안 한 갈치 한 상자 사와
온 집 비린내로 며칠을 갈치만으로 밥 먹은 것
딱 내가 지금 그 짝이야
시 쓴다고 싸돌아다닌 삼 년
연륜도 관록도 없고 배움도 없는 놈이 겉멋만 잔뜩 들어서
제 무식 발등만 찍고 있으니
쌈박질만 하고 다닐 때 자가 뭐가 되려고
배운 사람 못 당할 건데 한숨 섞어 말한 뜻을
이제야 알겠지만
한쪽 가슴에 꽉 눌러왔던 설움만 하겠어
할머니 어찌 사셨소, 나야 아직껏 지 성질대로 살지만
이놈 눈치 저놈 눈치 봤을 것 아녀요
이상 저상 주는 대로 다 받았는데
정작 나한테서 비릿한 냄새가 나요
이렇게 한적히 할머니 곁에 오니 잊고 지냈던 순수함에
멍하니 하늘만 보네
딸기가 달다 이것 잡수고 계셔
신발 한 짝이 어디로 갔나…

먼저 이별을 말한 나는 아프다

월광 김 동 광

이제 벚꽃은 가볍지 않다
더 떨어질 곳도 없는 맨 밑바닥에 있을 뿐이야

몸살처럼 앓는 그리움일지라도 나무 밑은 가지 않겠어
술을 마시고 한 사람 생각으로 머물지 않을게

어쩔 수 없어 눈물 흘려도
어제 같은 말들에 흔들리지도 않을게
때론 고통스러운 밤도 오겠지

사랑이라 말하지만
위선의 위로는 서글픔만 남아
변명은 비겁한 것 이토록 아파봐야 사랑을 알지

한 순간 허물어 버린 관계가
이렇게라도 시가 됐으니 괜찮은 거야
아프니 많이 아프니

둔법 파괴

송 원 식

사람이 미워지면
조금씩
더욱
띄워 만난다

너와나란글자는무조건붙여쓴다

합리적 가격

송원식

재고로 쌓인 할인된 누런 청춘
땡처리 뒤
덤으로 주어도 손사래 치는
하얀 순정

너덜너덜한 책에 적힌 곰팡이 핀 사랑
폐지 값이나 주려나

일회용 종이컵 2

송 원 식

모든 것을 주고
길바닥에 버려져
밟혀도 좋았다

너의 입술은

상호 배려

송원식

바보라
보만 내는 줄 알지?

항상 넌
가위를 내는 것 알아

다림질 외

송원식

다림질

내 인생이 구긴 종이보다 구겼어도
그대를 만나 바람이 바지에 베였다

내 마음

내 맘대로 안 되고
너만 따라 다니니

네 것이더라

그랬다. 잠시

바닥이 보이는 물이고 싶다
인생도 마음도 훤히 보이는

미래가 보이는 이슬이고 싶다
메마른 꽃잎의 눈물일지라도

명품

송 원 식

하나쯤 욕심내다

하나 정돈 있겠지

나는 너의 손을 잡고 왕처럼 걸었다

말할 수 없는 것은 침묵한다

송원식

물 위를 걸은 자에 대해
사막에 핀 꽃에 대해
그리고,
너의 아름다움에 대해
거울 속 태풍으로

어찌하다

송 원 식

삼경에 신음소리 들려 창을 여니 달이 시름시름 앓고 있구나
어찌한다. 이 시각에

밀물이 오다 말아 풀이 자라는 갯벌의 조개들 이사가 분주하겠구나
어찌한다. 이 일을

지난 한 겨울에도 지난 태풍에도 끄떡없고
천년을 하루 같이 아픈 적 없이 오가더니
첫 서리도 나리기 전에 병이 깊었구나
어찌한다. 이 병을

어찌하다 사경을 헤매며
어찌하다 같은 병에 잠 못 드는가

얼음꽃

송 원 식

모르시나 봅니다
다음에 가자는 약속
부도난 약속어음으로
수북이 쌓이고
그대 말의 당좌예금은 바닥이 났다는 걸

다음에 다음에 다음에
잦아들지 않는 메아리
귓속에 울리다
그 다음의 약속들은 지나간 네 마디 계절에 모두 봉분만 높습니다

시간될 때 보자는 말은 표류하는 망망대해
물위에서 타는 갈증
그날에 보자는 약속은 그리움 마중물로 펌프질 서두르는 밤

그러나 그 날
옆자리에 앉은 건 뚱뚱하게 순간 살찐 섭섭함
앞자리엔 꽃사슴 두 마리가 목을 휘감은 고속버스 안

모르시나 봅니다
만기일 없이 남발한 약속들에
이글루 가슴 속에서
맨살로 떠는 얼음꽃을

프로이드의 꿈

송 원 식

그만 서 있으련다
눕지도 못하고
태풍을 버텨온 인생
이제
떠나보련다

그만 놓으련다
야무진 뚝심의 테를 지우고
지구를 움켜잡았던 아귀
이제
자르고 가련다

이제 그만
걸어가보련다
한 걸음에 쓰러져도
저 산 너머
해님의 따뜻한 잠자리
함께 누워보련다

전파

송 원 식

눈물을 참으려 해도 햇볕이 너무 따가웠다
짓궂은 그대의 장난에 쏟아버릴 뻔 한 울음은 테트라를
높게 쌓은 포구를 넘을 뻔 했다
에어컨이 고장났는지 땀은 남은 시간을 지우고 있었다
나를 위한 이야기를 하지만 우리를 위한 이야기가 아니
기에 눈가에 여우비는 내리고 있었다
홀딱 하루를 다린 그리움은 사랑한다는 약 한 첩 주지
못해 달으랴 잊으랴 얼굴만 보았다
곧 만날 것이 가깝지만 곧 오리라는 그 분처럼 언제인지
모르게 기다릴까 말없는 헤어짐은 이별인양 슬펐다
안심이란 말로 너스레를 풀며 그녀의 몰랑한 팔의 안심
을 손은 중언부언 하며 기도를 새기고 있는데
목소리 잃은 사랑은 감미로운 음을 내 다리에 연주하고
있었다

말할 수 없는 사랑이 연주되는 열차는 너무나 빨랐다

교향악

장화당 김 현 덕

독주의 선율 필두로
영혼의 큰 울림

그 파동 우주를 넘어
가슴에 안착했네

이기주의

장화당 김 현 덕

상대가 주역일 땐
자유분방한 태도를

자신이 주역일 땐
시선집중의 어필을

아침의 서정

장화당 김 현 덕

장대 눈에 새소리는 쉼박중
고독 하나 날리고
남겨진 널 다시 보내며

나를 묻는다
볼륨을 한껏 올린 음악에

이심전심(以心傳心)

장화당 김 현 덕

즉효라는 단방약처럼
곁사람의 훈수는
정곡의 묘미

널 향한 마음은
공존의 시간과
무관인 빛을 지녔음을

호흡

장화당 김 현 덕

제대로 드나들며
요령을 찾은 거야

느낌이 따라 들며
만족을 얻은 거야

대목

장화당 김 현 덕

물기 젖는 엄마의 손길

부산한 엄마의 대목은 대문에 걸려있고

종갓집 종부인 엄마의 손이 그리워

먼 하늘에 동태전 하나 들어본다

무스비

장화당 김 현 덕

모두가 낯선 사람
이음줄 풍악소리

활짝 연 마음의 문
우리들 탄생의 장

한바탕 춤사위 속 에
무르익는 시간아

그렇다네요

장화당 김 현 덕

행복은
스며들어 오구요

기쁨은
달려들어 온다네요

절제

장화당 김 현 덕

흐를수록 목마름 그 깊이도
시간을 넘어 아지랑이 피워 가리니

짙게 걸어온 시간이 웃는다
낯설음의 장막이 선연하다며

언덕 넘어

장화당 김 현 덕

완전하다고 믿는 순간
그런 게 어딨어

순정이라 믿는 순간
그런 게 어딨어

우리 가는 길

장화당 김 현 덕

참사랑 언덕길을 넘으며 미소 짓고

에로스 그 사랑과 어울림 아가페야

얼씨구 사랑노래가 절로 나는 인생길

신작로와 시골 먼지

동광 김 정 식

간이역에 내려 비포장 길
이십 리를 걸어야 도착하는 시골집
드문드문 지나가는 차들
하얗고 깨끗한 먼지를 만들어 냈다

한 달에 한번 도시에서 깡촌으로 가는
13살 아이에게
신작로의 시골먼지는 상쾌하기만 하다

이야기 끈

동광 김 정 식

까만 밤이 하얗게 지새도록
잘 익은 옥색 끈을
한 올 한 올 풀어 놓았다

이야기 끈으로 엮은
추억 한 장
겹겹이 접어서
뒷주머니가 터지도록 넣어주었다

가을 스케치

동광 김 정 식

샛노란 은행잎을 캔버스에 주워 담는
중절모 쓴 늙은 화가의 손놀림이 부지런하다

캔버스 모퉁이에 앉은
할머니의 골 깊은 주름살에서
4B연필의 가을스케치는 멈추어 섰다

시선

동광 김 정 식

같은 마음으로 같은 곳을 바라보는 건
마음연습이 필요하다

어쩌면 우리는
라디오의 주파수를 맞추는 일이고
볼록렌즈에 태양을 모으는 일이다

별똥별

동광 김 정 식

하얀 노트에 별 하나 그려 놓으니 그리움이
가슴속까지 파고 든다
별밤이 흐르는 라디오를 같이 듣던 그녀는
지금 어디서 뭘 할까

갑자기 밀려온 생각 한 조각이
별 하나 되어 떨어진다

해운대의 꿈

동광 김 정 식

달콤한 이상을 안고 바다 위를 마음껏 날았다
오랫동안 꿈꾸던 현실이
저 테이블위에 놓여 있었다

오늘 만큼은 해운대의 갈매기가 되었다

해먹에 올라

동광 김 정 식

하늘에 나무실로 수를 놓았다
처음 온 세상처럼 낯설기만 하다

마치 첫사랑을
다시 시작하는 것처럼
수줍은 마음이 옹알이를 한다

가슴 난로

동광 김 정 식

꽁꽁 얼어서 시려오는 나의 가슴까지
따뜻하게 녹여 줄
가슴난로 하나쯤 가지고 싶다

핫팩 하나가 생겼다

꿈

동광 김 정 식

저 모퉁이 끝을 돌아가면 보고 싶은 사람이 있다

그는 우리가 평생 함께 살아가야 할 단 한사람
꿈이라는 친구

경포대의 밤

동광 김 정 식

뜰채로 호수에 빠진 달을 건져 올렸다
그물사이로 다시 호수에 빠져버린 달은
가늠치 못하는 월척이었다

건너편 멀리서 아픈 세월을 낚는
젊은 나그네의 손길이 분주하다
아마도 지금이 보름쯤인가 보다

낙엽 얼음

동광 김 정 식

가을이 만든 기적하나
낙엽은 하나하나씩 떨어져 얼음을 만들었다

가을남자가 된 나는 얼음 속으로
두 번씩이나 빠져서 헤어날 수 없었다

고등어 머리와 아버지

동광 김 정 식

5일장 가셔서 자전거 뒤에 매달린 고등어 한손은
해질녘쯤 귀한 손님으로 오셨습니다
제삿날까지 꼬박 4일을 기다린 그날 밤
고등어 머리와 뭉클뭉클한 눈알의 맛은 최고였습니다

지금은 고등어구이집에도 그 흔해빠진 머리가 없습니다
있어도 먹을 수 없습니다
고등어 눈 속에 비춰진 아버지께서 자전거 타고 나오실
것만 같아서

운수 좋은 날

동광 김 정 식

총총 걸음으로 걷다가 발밑에 십 원짜리 동전을 밟았다
밟히고 버려진 아이를 입양하면서 행복을 느꼈다

오늘은 운수 좋은 날

참빗

동광 김 정 식

명경 앞에서 창포에 머리감고 가지런히
긴 머리를 따리 공예 하시던 우리 할머니

아!
눈을 비비고 다시 보니 물거울이다
유리알 같은 바이칼 차가운 호수에 발을 담그니 잠자던
온도계는 할머니의 참빗질 소리에 화들짝 잠을 깬다

수채화

동광 김 정 식

청아하고 정갈하게 단장한 옷차림
황금비율 모델이 되었다

톡톡 튀는 개성 삐딱한 눈에 들어온 세상
서로 서로 엉키고 번지며 잘 섞여진 물감
쇼 윈도우의 마네킹에 수채화 옷을 입혔다

세월(歲月)

동광 김 정 식

남루한 옷차림의 늙은이 한걸음씩 힘겹게
토함산에 오르더니 긴 숨을 몰아쉬고서
이리 오너라 이리 오너라 동자승을 부른다

먼 바다에서는 젊은 태양이 디지털 광고판
하나를 머리에 이고 솟아올랐다
늙은이는 천천히 흐르는 자막조차 미처 읽지 못하는 듯
고개를 가로 저으며 물끄러미 바라만보고 있었다

다시 알 수 없는 주문을 외며 산에서 내려가는
늙은이의 뒷모습에는 비오는 날 만큼이나
짙은 안개가 끼어 있었다

보릿고개

동광 김 정 식

매일 아침 출근길목에 있는 빵집
빵 굽는 냄새가 옷깃을 뚫고 들어옵니다

그 냄새는
송기(松肌)와도 닮았고
찔레꽃 새순과도 닮았고
설익은 보리와도 닮았습니다

주) 송기(松肌) : 소나무의 속껍질. 쌀가루와 함께 섞어서
떡이나 죽을 만들어 먹기도 한다.

소확행

동광 김 정 식

시끌벅적한 시장바닥은 늘 활기차다
야채 좌판 할매의 움푹 패인 주름살에
햇살이 걸려있는 봄날 오후
꽃들은 아장아장 걸어서 봄소풍을 나왔다

꿈틀거리는 쭈꾸미 잘 익은 봄나물 향기
돌아오는 길가엔 활짝 핀 제비꽃
손 흔들며 반기니 오늘이 봄날이네.

심등(心燈)

동광 김 정 식

달리는 자전거 불빛에 마음을 섞었더니 희망과 용기로 가득 찬 꿈이 보이기 시작해
페퍼민트 허브차에 마음을 넣었더니 달콤한 향기로 다시 돌아왔어
청계천 화려한 등불 백조 한 쌍 옆에 슬쩍 마음등을 놓았더니 행복이 막 쏟아져 내리는 거야

저 건너편 홀로 앉은 여인은 진한 커피 한잔에 걱정을 하나씩 쪼개 넣고 있었어
조금 있으니 얼굴에 그리움이란 글씨가 새겨지는 거야
요술쟁이처럼 카멜레온이 된 하루
따뜻한 마음등이 행복 바이러스로 퍼지면 성탄전야의 밤은 분명 외롭지 않을 거야

점괘(占卦)

동광 김 정 식

볼륨이 있는 몸을 땡땡이 몸뻬바지로 위장을 했다
몸뻬바지 옷 속으로 내 마음도 꼭꼭 숨겼다

무당옷을 입은 너에게
다 들켜 버렸다

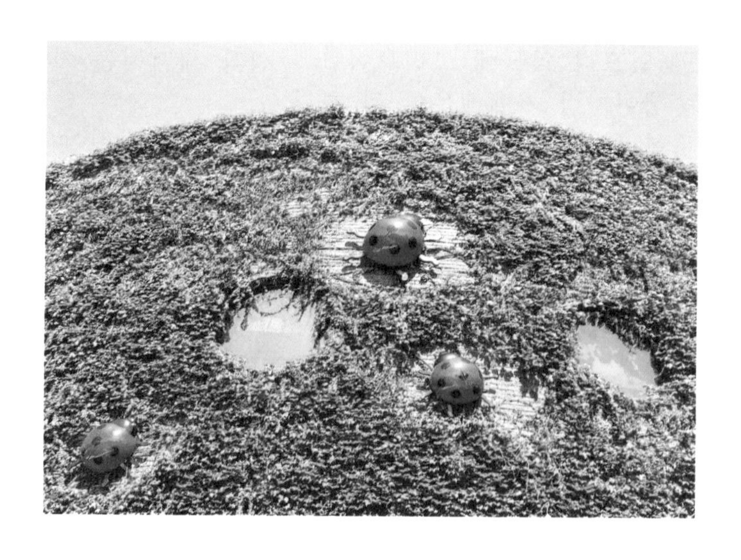

우아한 전투

묵담 박 준 우

아내와 싸우지 않는다
아내가 미우면 입술을 가시로 세워
이곳저곳 사정없이 찌른다
콕-뽑-　콕-뽑-

선택

묵담 박 준 우

나의 길에 대한 내 스스로의 존중이

사뿐사뿐한 행복을 만든다

처세

묵담 박 준 우

아내가 경전을 읽는다
흔들흔들 끄덕끄덕 할머니처럼

그래, 바람 불면 흔들리면 되고
누군가 말하면 그렇게 끄덕거리며 사는 거야

합격증서

묵담 박 준 우

허리 삐끗한 아내 허리에
파스 두 장 붙이고

합격도장 두 번,
'합격'하며 엉덩이 톡톡

감래(甘來)

묵담 박 준 우

수련은 진흙 속에서 피는 꽃
행복은 고통 속에서 피는 꽃

화안(和顔)

묵담 박 준 우

우린 꽃 피우는 방법을 알고 있다

물주는 것을 깜박 잊었을 뿐이지

도반

묵담 박 준 우

햇살에 사라지는 풀잎 위 이슬, 평행선 철길과 역을 오가는 여행객, 가볍거나 혹은 무거운 배낭

청잣빛 하늘, 대나무 숲, 옆에서 수다 떠는 아줌마들
모두가 내 친구라는 것을 이제야 알겠다

시작(詩作)

묵담 박 준 우

시는 모호해야 하는가
편하게 쓰면 안 되는가
시골학교 꽃밭에서 아이와 이야기하듯
아내와 식탁에서 커피 마시듯 쉽게 썼다
소백산 비로봉에서 막걸리 마시듯
동네 목욕탕에서 묵은 등 때 밀듯 시원하게 썼다
체육복차림으로 편의점에 가 담배 사듯 눈 깜박거리듯
하품을 하듯 편하게 썼다
써 놓고 보니 참 애매모호하다

늙은 호박

묵담 박 준 우

잎으로 주고 꽃으로 주고
이제 시들해진 엄마처럼 앉아

부침개로 죽으로 사라질 날 기다리며
오후 햇살 안고 앉아있다

노안

묵담 박 준 우

흐릿하게 보아도 다 볼 수 있다고
보고도 안 보이는 척 해야 세상이 평화롭다고
오래 전에 받은 소중한 선물

낯설기

묵담 박 준 우

착한 여자는 압력밥솥이다
밥 차지게 잘 하고 아이도 혼자 잘 키울 거야
심부름도 잘 하고 남편 뱃살도 잘 키울 거야

그런 그녀가 폭발하면 솥뚜껑 날아갈 거야
내 머리도 날아갈 거야
아내는 착한 여자가 아니라 다행이다
참 다행이다

끈

묵담 박 준 우

선물포장 끈으로
자신의 머리를 묶은 큰 딸

그래 맞아
너는 나의 소중한 선물이지

유전자

묵담 박 준 우

엄마 아빠 조금
할배 할매 외할배 외할매 조금

고모 이모 조금
삼촌 외삼촌 조금 조금씩 닮았네

장점을 살리면 크게 되겠네

관계

묵담 박 준 우

관계 1

시냇물은 돌 있어 물소리를 내고
돌은 시냇물 있어 부드러워 지네

관계 2

풍경은 바람이 있어 풍경소리를 내고
바람은 풍경이 있어 바람소리를 낸다

들꽃

무세 전재찬

누구를 위로하려고 피어난 건 아니지만

당신에게 위로가 된다니 참 다행이다

그리움에 지치다 외

무세 전재찬

그리움에 지치다

한밤중
'잘 자라'는 뜬금없는 문자도

새벽녘
문득 '보고프다'는 엉뚱한 문자도
그리운 밤입니다

사랑(1)

꽃도 시간이 지나면
시들어 버리는데

너는 어쩌자구
가슴에서 자꾸 피어나느냐?

이유 외

무세 전재찬

이유

내 발길을 멈추게 한 건
꽃이었지만

내 심장을 멈추게 한 건
너였다

별이

설탕처럼 하얀
당신의 미소 잔잔히 녹아든 커피잔에
별 하나 퐁당 빠지면

행복한 거품 하나
입가에 묻어 난다

성장 외

무세 전재찬

성장

비가 오면
논에 벼가 한 뼘 자라나고

비가 오면
당신 생각에
그리움도 한 뼘 자라난다

현실

오늘을 감사하며
내일을 준비하는 삶이고 싶었는데

오늘은 투덜대며
내일은 두려워하는 삶을 살고 있다

별이 빛날 때 외

무세 전재찬

별이 빛날 때

나의 걱정 보다는
너의 걱정에 하루가 길다

나의 사랑 보다는
너의 사랑에 별빛이 곱다

사랑(2)

별거 있겠는지요
당신이 쏜 화살 가슴에 맞아
뽑지 않는 한

가슴이 아프도록 사는 게
사랑이지요

손금 외

무세 전재찬

손금

손바닥 안에 있는 금이
나의 운명이라면

니 손바닥 안에 있는 나는
너의 운명인가

나는 왜 사랑에 서투른 걸까

나는 왜 사랑에 서투른 걸까
이만큼 살아 왔으면 이제는
익숙할 때도 됐는데

계절은 알아서 잘만 바뀌고
꽃들은 알아서 피고 지는데

나는 사랑에 서툴러
밤마다 그리움 가득 별들만
바라보다 잠이 드는 걸까

변명 외

무세 전재찬

변명

잠들지 못하는 깊은 밤에는
사연이 깃들어 있고

사랑하지 못하는 슬픈 삶에는
아픔이 깃들어 있다

길

타박타박 출근길
터벅터벅 퇴근길

낙화

무세 전재찬

떨어지는 꽃잎마다 사연이 깊고

날리는 꽃잎마다 서러움 애달프다

계영배

화사당 염 상 미

가득 담은 사랑이
다 사라져

하염없이
바라봅니다

솜사탕

화사당 염 상 미

달콤해지고 싶을 땐
하늘을 봐
너처럼 사랑스러워
너처럼 달콤해져
너처럼 빠져들어

좋다

화사당 염 상 미

아침 햇살이 창가에 비치고
하늘은 유난히 높고 맑은 날

너는
나에게

잘 잤어?

이별

화사당 염 상 미

지우려 해도 잘 되지 않는 건
너의 맘이 내 안에 가득하니

그립지 않을 자신 있을 때
그때 이별하자

이꽃에

화사당 염 상 미

돌고 돌아 와 소박한 자리에
고이 간직한 작은 맘을 내려놓으니

어느 날
나는 꽃이 되었다

천년의 사랑

화사당 염 상 미

사랑할 수 없었던
그때

그저 그리워
바람인 듯 바라보며

천년의 기억으로
남겼네

사랑

화사당 염 상 미

무엇인지 모르고
보았다

그리워서
바라보았다

흔들리는 마음
다시 잡았지만
깊이
빠져 들었다

그리움

화사당 염 상 미

기대었던 마음이
흩어져 알 수 없더니

돌아누워 생각하니
그 마음 여기에

전율

화사당 염 상 미

흔들림은 조용히
흔들림이 끝나면 더 크게

더 큰 원을 더 반듯하게 그려
그 속에 깨달음과 성숙을 담으라

돌아보기

화사당 염 상 미

내가 아닌 내가 싫어져
다시 생각하고
거칠어진 마음 다독이지만
또 거기 그 자리

아팠던 모진 순간
더 아픔이 되는 건
내 초라한 모습이 싫은 거야

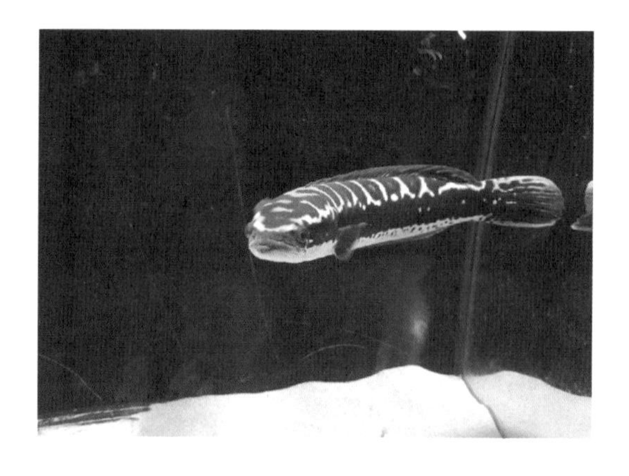

너

화사당 염 상 미

희미한 해진 너를
까만 하늘 가득
그려본다

밤하늘 달같이
밝고 둥글게
그려
가슴에 새긴다

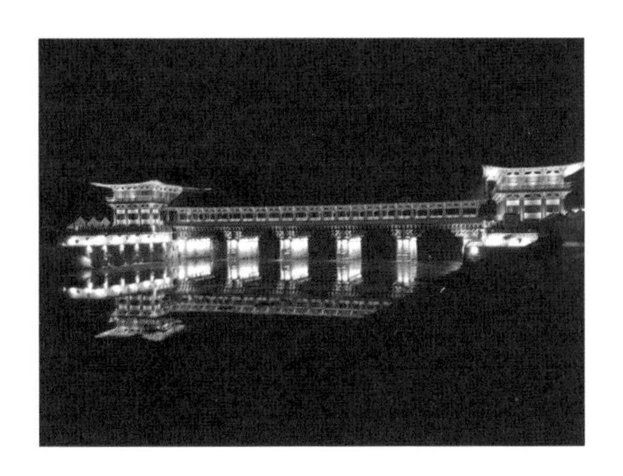

눈부신 날

화사당 염 상 미

해가 반짝
바람은 살랑
달리기 좋은 날

너와 나는 눈부시다

낙엽

화사당 염 상 미

손끝에 스치는 차가운
가을바람에

노오란 낙엽이
하염없이 내리는 날

두 손 꼭 마주 잡은 손이
오늘을 걷는 이유입니다

그 겨울의 흔적

화사당 염 상 미

지난 겨울의 사랑이
따뜻하였기에

긴 기다림도 긴 공백도
모든 걸 채우기에 넉넉히 따뜻했다

가을바람

화사당 염 상 미

약속 시간 어김없이
내 옆에 앉아 속삭인다

여기야!

나의 사랑

화사당 염 상 미

너는
모르는 비밀

어느새 마음속에
너만 가득해

한 마음

청와 이 의 숙

비가 오는 풀섶에
그대는 아, 가을이다
한 호흡으로 노래를 부르고

나는 그대의 짙은 들꽃향을
가슴 깊이깊이 새깁니다

하루

청와 이 의 숙

떨이요, 떨이
주인 없는 길에서
주인을 찾는 소리가 울린다

주섬주섬 하루를
저렴하게 팔고 가는 손길에
가로등불빛이 그득히 내린다

그런 가을날

청와 이 의 숙

나의 모든 순간은
그대를 만나고
절정을 이루어요

보시어요
갈잎마다 걸어 놓은
그대 향한 나의 사랑을

나무에게

청와 이 의 숙

바람에 나부끼는 그대의
쓸쓸함을 지우는
알뜰한 산이고 싶다

그대의 짙은 어둠을
빛의 방향을 잡아
살뜰히 토닥여주고 싶다

시시때때로 찬란히 빛나는
그대의 사계를 담아내는
거울 같은 산이고 싶다

수세미꽃

청와 이 의 숙

비 그친 하늘
휘저으며
피어오른 수세미꽃

구석구석
닦기 좋은 날이다

오해

청와 이 의 숙

너는 열지 않은
문으로 들어와
닫힌 문으로
나간다

나는 네가
열지 않으면
들어 갈 수 없고
닫으면 나갈 수 없다

도선사 비둘기

청와 이 의 숙

절집 앞 비둘기
구구구
허리 숙여 발원하니

하얀 쌀이
소복이
발아래 쌓이더라

기차여행

청와 이 의 숙

탁, 떠난다는 것이
이런 것일까

심장의 부력으로
기차가 뜬다

비보호 쉼표

청와 이 의 숙

눈코 뜰 새 없이
바쁜 가을에
쉼표 같은 비가 옵니다

타닥타닥… 타다닥
두들기는 빗소리와 함께
노오란 가을이 타고 오릅니다

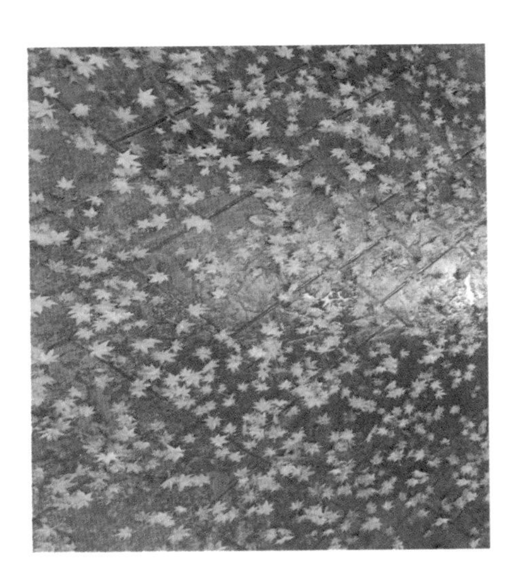

가을밤에

청와 이 의 숙

풀벌레 소리
가슴 향해 울리는 밤

스윗스윗 … 쉿 스윗스윗 쉿 …
풀잎 스텝 밟으며 깊은 가을을 헨다

누가 냉이꽃에 생명을 넣었을까

청와 이 의 숙

팔다리 하나 밖으로
내보내는 것은
자기 살갗이 찢기는 고통이었으리

대지의 양수는 터진지 오래
고통의 눈을 감고
빽빽이 거꾸로 앉은 봄을
자기 생명 걸어 낳는다

짐

청와 이 의 숙

눈이 오면 안 될 것 같아
니 발자국 푹푹 파여

비가 왔으면 좋겠어
내 발자국 보이지 않게

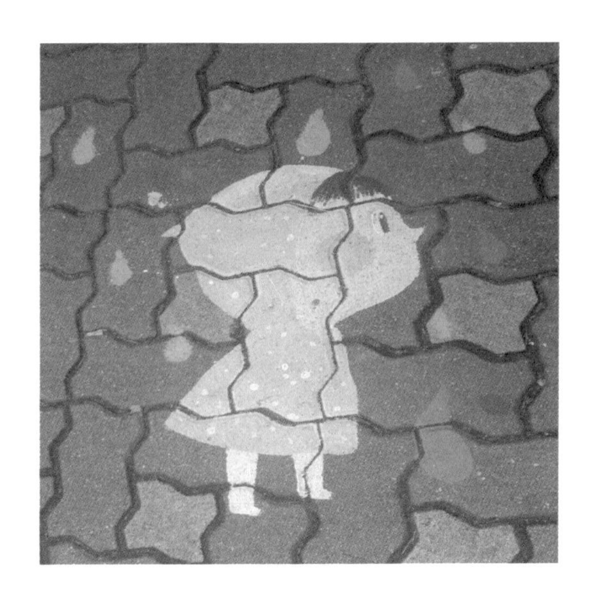

섬

청와 이 의 숙

인적드믄 바닷가
딸그닥 … 딸그닥 …
파도소리에
맞추어 닦이는
밥그릇

그곳에서
세월 닦는 개 한 마리
외로움,
그 외로움을
광이 나게 핥고 있었다

코스모스의 기도

청와 이 의 숙

그대, 행여나
험한 길이 보이거든
함께 걸었던
꽃길을 기억하게 하소서

그대, 혹여나
뜨거운 눈물
흩뿌리는 날 오거든
꿈길을 꺼내어 보게 하소서

거울

청와 이 의 숙

내 목소리에 내가 떨려
존재감 없이 살아온
시간의 흔적 속에서
나를 찾아
달래고 토닥입니다

이제사 어른이 되어갑니다

모퉁이 감

청와 이 의 숙

불타는 여름을 지나온 골목길

나를 기억하느냐
당알지게 살아남은 감이 붉다

시선

청와 이 의 숙

그해 가을엔
떨어져 깨진 감만 보이고
밤 없는 밤송이만 나뒹굴더니

올 가을은
불그스레한 감이 보이고
반지르르한 밤이 굴러온다

흐린 날의 붉은 장미

청와 이 의 숙

장미의 계절이 지나고
수시로 퍼부어대는 장마가 왔습니다
어디론가 가야하는 영혼 하나가
별을 찾아 헤매고 있었습니다
방울지게 흔들어대는 빗소리에
덜커덩 내려앉는 바람소리를 들었습니다
어찌 해야 할지 모르는 비는 더욱 쏟아 붓고
막막함으로 잡을 것 하나 없을 때
빗줄기 속 붉은 장미가 들어 왔습니다
우산을 내리고 장미를 가까이 보려하니
장미가 흠칫 놀랍니다
하늘을 원망한 내 마음을 장미에게 읽혀버렸습니다

아름다운 순간

청와 이 의 숙

아름다운 사연이 있는 꽃은
온몸으로 이별을 했다
동백이 그랬고 능소화가 그렇게 떠났다

꽃의 사연을 알아서 뭐하고
꽃이 떠난들 나와 무슨 상관인가 했던
무색한 날 끝에
꽃의 순간순간이 들어왔다

사람이 꽃의 인연으로
흔들리며 짧게 살다간다며

불빛 아래에서

홍 찬 표

바람은 먼 곳에 있는 산과 같다
멀리서도 보이지만
하루라도 걷지 않으면 산에 닿을 수 없고
하루라도 찾지 않으면 방향을 잊어버린다
가득 품은 연기가 솟아오르면
조용히 앉아 생각한다.
오늘 난 무엇을 한 거지
하얀 배움이란 쌓이다가도
유리가루 내어
흔적 없이 녹아 흘러가고
어제의 축배를 게워내듯
꾹꾹 눌러 담은 것들을 비워내야
평화의
지혜가 오는 것인가 보다
불빛은 수줍게 고개 숙이며
미소를 띠지만
앉음의 편함이란 없는 좌석 같다
행복이 불편함 속의 익숙함이라면
난 조용히 불어오는
바람처럼 행복을 맞이하겠네

당신은 알았나요

홍 찬 표

당신은 알았나요
하늘은 알았을까요
당신과 헤어짐을
그는 알고 있었을까요
우리가 다른 하늘에
어긋나게 흐르는 걸

저 강물은 알고 있었을까요
눈물 닿아 흐르는 것을
저 산은 알고 있었을까요
아픈 사랑을 했다는 걸
당신을 알고 있었나요
우리에 마지막이
행복으로 영원할 수 없었음을

당신은 알고 있었나요
우리에 사랑이
항상 촉촉하지 않았다는 걸
저 기차는 알고 있었을까요
어긋난 사랑의 레일 위를 달렸다는 걸
저 배는 알았을까요
눈물 위에 있다는 걸
그래도 당신은 모를 거예요
우리의 사랑이 언제나 뜨겁진 않았다는 것을

비였던가 기억이었던가 외

홍 찬 표

비였던가 기억이었던가

보고 싶은 얼굴과 만나고 싶던 얼굴
안겨 닿았다 빠져나가는 온기를

후비는 잠 못 이룬 흠을 채우다
그리움으로 떨어져 갔지

가을이구나

또 가을이구나, 그저 스물하고도 몇 번의 가을 같은데
또 가을이구나, 그저 몇 번 하고도 한 번 더 가을 같은데

악기 상자

홍 찬 표

당신이 없는 악기란
더 이상 사랑을 잃고
선율 속엔 물들이는 슬픔
손끝은 그리움의 흔적이
널 만들어 내고 있어
너를 향해 부르는 마음
더 이상 사랑을 잃고
번져버린 슬픔은
희석되지 않은 채
선명해져만 가네
너를 향해 부를 수 없어
그 어떤 노래도 당신이 없다면
사랑을 속삭이던 악기도 사랑을 잃고
흑백 속에 갇혀 닫힌 세상
눈물만은 연주를 멈추지 않네

햇살 속에서

홍 찬 표

세상 어딘가 넌
숨 쉬고 있겠지
너 없는 나는
홀로 거리에서
너의 온기 같은
햇볕에 앉아 있네
저 태양은 달에 가려진
세상처럼 어둡고
너와에 기억은
밤처럼 깊어져가네
다만
따스한 온기만
내 곁을 맴돌아
잊을 수 없는 시간 속을
떠다니네
돌이킬 수 없는
지난날에 이별이
비처럼 후회로

내리네
다시 너에게 돌아갈 수
없는 잃어버린 길
그곳에 앉아
눈 같은 회상만
내 곁에 내리고 있네
언젠가 봄 같은 사랑이
아침처럼 찾아오면
너와에 기억은
연기처럼 사라지겠지
다만 너에 온기만은
잊지 못해
내 곁에 있는 너를
느끼겠지
이 세상 어딘가
쉼 쉴 기억에
그대가 있네

소각품

홍 찬 표

구들장 따뜻하게 다려지면
아랫목 기억 다락에 추억을 주섬거린다
먼지 수북이 쌓인 그곳에 무슨 기다림이
그리도 많았는지 애틋한 흔적 손끝으로 묻어지고
어찌 세월을 씻을 수 있으리오
깊게 파인 주름 기억 들춰내기에는 복잡하게 쌓인 잡품들
그 중 하나 조심스레 꺼내보니 버리지 못한 사랑에 편지
붙이지 못한 찢겨진 사진조각들 전해 주지 못한 선물들
고이고이 모셔다가 타오르지 못한 잡품들 불태운다
보존된 기억이 하늘을 물들인다

벋은 날

홍 찬 표

의지를 상실한 채
술에 진탕 취한 날
몸 가누지 못해 흡이진
골목 까칠한 검은 먹구름
같은 아스팔트 위 넘어졌을 때
난 곧 다시 일어서야 한다고
생각했다. 울퉁불퉁한
도로를 집고. 상체를 일으키고
다리를 지탱하며 난 정확하고
신속하게 일어섰다.
그건 내 환영
난 그러지 못한 채
검은 구름 같은 도로 위에서
생각과 마음만 지닌 채로
곧게 누워 있었다.
흐린 회색 구름 같은
눈으로

빗물음

홍 찬 표

젊음의 특권은 쾌속의 슬픔을
느낄 수 없다는 것
이유가 없이도 받아들일 수 있다는 것
좋아함엔 평수가 없다는 것
싫어함엔 관대가 없다는 것
빠르고 많을수록
많은 것을 아파해야 한다는
것을 알지 못하는 것
그것들을 알았다면 난
진정 행복했을까
좀 더 겁 없이 자신을 펼칠 수 있었을까
떨어지는 빗물에게 물어본다
이 쾌속의 슬픔엔
아직 다 가지 않은 특권이 있네

지상에서 영원까지 외

홍 찬 표

지상에서 영원까지

구애의 노래가 끝나 죽은
매미를 바스락하게 집어
목련나무 밑에 두었습니다
개미가 모여 무덤을 만들어줍니다
다음날 또 한 마리의 매미가 죽었습니다
매미 무덤 옆에 바스락하게 두었습니다
개미가 모여 무덤을 만들어 줍니다
내 마음도 몇 번은 그렇게 죽었나 봅니다 매미처럼
땅속에는 죽음과 탄생이 함께 있습니다
어느 영혼의 노래가 피어 올라갑니다

각질

몸 깊숙이 아주 오래전부터
자란 미세한 세포
세월 지나 피부 밖으로
나와 작은 티끌로
날아 사라져갔다

눈빛 교환

홍 찬 표

오늘 내 손에
당신의 발부리를 놓고
말 없는 눈빛을 교환합니다
말을 하지 않아도
당신이 원하는 걸 알 수 있네요

오월의 장미

홍 찬 표

잎 무성히 피고
가시 같은 예리함
까칠함 먼저 배우고
푸르렀던 나날 지나
화려함 가득 피운
꽃잎 나날 있으련가

이별 외

홍 찬 표

이별

아픔을 주는 말을 남기기 싫어
행적을 감춘다
떠날 때는 말없이
사내들은 그렇게
이별에 잠영을 배웠다

별

어두운 해면 캄캄한
앞길 속에서 헤매고 나니
길을 잃어버린 방랑자
더 헤매지 않을
지표가 되기 위해
체공되어 있다네
따라오는 이를 위해

심애 외

홍 찬 표

심애

사랑을 꽃에 비유하지 마오
시들 슬픔부터 생각하며
그 마음으로
어찌 사랑한다 하겠소

비

울어라 하늘아
울지 못하는 이를 위하여
하늘아 구름아
잠시 환한 얼굴 감추고
울지 못했던 날을 위하여
대신 울어주렴

도둑고양이 외

홍 찬 표

도둑고양이

자식새끼 종종대리고
잘 지낸다고 모습이라도 보여 주었으면
좋으련만 간다는 말도 없이 떠나
돌아오지 않는 녀석아

I am

당신의 뒤에서 읽는다
환한 웃음과 환대
지친 일상의 시름은
속내의 연소품이 되어 사라지고
그대의 따듯한 미소만
내일을 기약합니다
I am your Energy

사진 외

홍 찬 표

사진

사진 밖 세상은 늙어 가는데
온전한 사진은 어린아이 아빠 손 꼭 붙잡고
방류되는 땜 배경에 늙지 않는 추억 한 장

표독

높은 산자락
강 깊이 차갑게 얼어 흐르고
강가에 붙어 있는 멀고 먼 집 한 채
공포탄 한 발이 번쩍 울렸다

휴가

낯선 불빛 터져 오르는 소리
밤하늘 아래 해변과
여름 속에서 들려오는 바다에
발목 담긴 한 여름의 걸음

속비 외

홍 찬 표

속비

비가 옵니다
당신이 깊이 들어 왔던 흔적이
자꾸 당신을 기억하게 합니다
쓸쓸합니다
마음 숨기며 살아가는 날은
날 더욱 끔찍하게 할 뿐입니다

기화

먼저 증발되어 울지 못하고
올려다 본 하늘로 떨어진다

너는 하늘에 닿았고
나는 슬픔으로 떨어져 갔나니

그곳에 손을 넣었다

홍 찬 표

혀끝이 닿을 듯 말듯하다는 것을 입김이 부딪혀 데워지는 느낌이 들었다
차가워진 밑은 온기에 풀려 들어갔다
꽃줄기 물고 있는 듯이 조용히 타들어가는 마음이 붙여진다
그곳에 손이 닿았다
매우 조심스럽게 혹은 만지면 안 될 것을 만지던 그것처럼
매우 흔들어 놓고 있었다
비가 내리는 그 사이 알몸으로 소리치고 있는 결들이
부서석거리며 타올라 사라져 가며 작은 소리들 입김으로 새어 나온다
다시 그곳에 손을 집어넣었다
어둠의 흔적들이 밤을 피운 향기로 나와 붉은 호흡의 교차를 낳고 있다
깊이 스며 갈수록 짧아지는 갈증만 깊어지는 입술을 핥는다
머리카락이 풀어진 채로 스르륵 흩어져 가며 지쳐드는 허한 속내
그런 게 그리워 또, 또 놓지 못하는 손을 그곳에 넣었다
나는 그 깊숙한 것을
깊숙한 곳에 감추어 둔다 그것은 나에게 무엇이었을까

편의점 가는 길

홍 찬 표

당신이 잠든 시간
텅 빈 밤을 걸어가고 있어
당신이 잠들기 전
피부가 피부를 스쳤던
얼굴과 얼굴이 스쳤던
코끝과 코끝이 스쳤던
볼과 볼이 닿았던
손과 손이 닿았던
입술과 입술이 닿았던 흔적들이 식지 않아
차가운 밤인데도 말이야

당신이 잠든 시간
꿈속에 숨 쉬는 나를 깨우고
눈뜨면 미소를 채울 것들을 들고
달달한 당신의 입속에 맴돌
사랑을 위해 골목을 걸어가

잠들기 전
당신을 보듬었던
핑크빛 두 볼 두근거림
붉은 낙엽으로 떨어지고

이 밤 어디 간 거야
당신은 없는데
이제 막 나온 길인데
입김 서리며 혼자의 것들만
잔뜩 들고 걸어가고 있어
잠들고 싶지 않아
내 기억에 숨 쉬는 당신을 깨우네
나만 깨었나 봐 젖어든 눈물 속에서
너에 기억에 숨 쉬는 나를 깨운다

비 오는 날

홍 찬 표

비가 오면
기분은 주저앉아
나만 그런 건지
창밖을 턱 궤고 앉아 있네
추억을 떠오르게 해
너와 함께 있던 시간들을
그날도 비가 내렸어
하늘을 보고 있어
지금은 내 모든 건 슬퍼
슬퍼서 슬픈 노래 밖에 떠오르지 않아
비가 오면
기분이 주저앉아
너와 헤어질 때처럼
비가 너와의 추억을
더듬거리지 않았으면 좋겠어
그래야 기분이 좀 좋아 질지 몰라

네가 없다는
그 사실
네가 없다는
그 상심
만으로도 기분은 무거워
네가 없다는
그 진실
네가 없다는
그 현실
만으로도 슬퍼지니까

가을, 그러겠구나

산빛 김 정 구

곧 참나무 비탈의 마른 숲 찔레덤불의 속 타는 내음을 맡겠구나
삭정이 분지른 사과나무 타닥타닥 만취한 꽃불을

막 파 거둔 고구마밭 황토 고랑의 남은 넝쿨사이를
새순은 돋아 맨발이 쓰리도록 휘적이겠구나

곁이

산빛 김 정 구

한 번도 운 적이 없었던 것처럼
젖도록 적시도록 휘적시도록

빗물에
말개진 얼굴이 씩 웃는다

커피, 게이샤

산빛 김정구

생두를 태운다 타닥타닥 은근한 금맥을 드러내고
훅 불면 살짝 사금껍질이 날린다

힘주어 갈고 드립한 금가루에 새벽빛을 묻힌다
샤미센 울림만큼만 바람을 잠깐 눌려 앉혔다

주) 샤미센 : 일본의 대표적인 현악기

달과 6빤스

산빛 김정구

달에게는 애틋한 그리움이 있다
몇 백 년 만에 봐도 흘끗 스쳐 지나는 혜성

사람에게는 가족이 있다
속옷 바꾸어 입은 줄을 자주 깜빡하는

다슬기

산빛 김정구

별이 되어 날아올라 빛내기 위해
물속의 먹이가 필요해

지상에서 영원으로
숲을 밝히는 푸른 아이가 필요해

평등심

산빛 김정구

'equal(=)' 을 '평등한' 이라 읽는다
평등한을 '진정한' 이라 읽는다
진정한을 '깨우친' 이라 읽는다

평등심 무정한 곳은 얼씬대지 않기로 했다

물놀이

산빛 김정구

스무 살, 단발머리 반바지 스무 살의 캠프는 깡마른 가슴 종아리가
눈이 부셨지 흠씬흠씬 젖어 볕살 그득 웃었지

산호랑나비 물잠자리가 솔숲 계곡을 반짝이고
밤드리 별들은 날아 다녔어

통애(痛愛)

산빛 김정구

어느 날은
함부로 울지 못하다
가볍게 웃지 못하다

아프다 아프다 소리내지 못하다
행복하다 행복하다 울려내지 못하다

채석강 연가

산빛 김정구

내 속에 돌을 캐내고 캐내어도
남아 있는 담석이 있어

내 속에 색을 물들이고 물들여도
배색 안 된 염색이 있어

적정

산빛 김정구

산이 내려온 작은 마당에 시이소 그네 미끄럼대
개똥지빠귀가 앉았다 간다

텃밭의 피다 남은 호박꽃잎에 새벽 잠깐의 소나기
차솥에 물을 안쳐야겠다

참나무

산빛 김정구

갈참나무 굴참나무 졸참나무 떡갈나무 신갈나무 상수리
나무 덕에

힘차게 하늘을 지탱할 집이 생겼어
겨울나기 도토리 밥그릇이 생겼어

고군산

산빛 김정구

나리꽃 언덕 그늘에서
바다 쪽으로 콜라를 들이켰다

몇몇 여인처럼 작은 섬들이
찌잉 코끝을 울린다

바지락바지락

산빛 김정구

돌을 닮은 거죽은 가졌어 속뼈는 섞지 않았지
감칠맛 도는 뻘의 애액을 느껴봐

날 어루만질 수 있도록
곱씹어 애무할 수 있도록 피를 찾지 않도록

오래된 돌

산빛 김정구

껴안고 껴안아 겹겹이 속살을 숨긴
당신의 돌무덤이었던 적 있었노라

포개고 포개어 층층이 사리를 숨긴
당신의 탑이었던 적 있었노라

일체(一切)주산지

산빛 김정구

주산지에는 산 절반 물 절반의
빛과 그림자

반의반에도 못 미치는 사람行의
번뇌 일체절반

모양 없는 그릇

산빛 김정구

모양 없는 그릇이 되리 산엣것 들엣것을
곧이곧대로 담아내는 황톳빛 강이 되리

모양 없는 친구가 되리 덜떨어진 애인이 되리
정인과 같은 타인 남남과 같은 정인이 되리

너구리의 차솥

산빛 김정구

큰 이쁜이 작은 이쁜이로 통하는 마늘님과 딸이 있고
마음법 공부 삼는 때때로의 몰래 그리움도 있고

먼 길 마다않고 찾아 와 대취하는 벗이 있고
속 달래줄 차솥이 있으니 나는 행복한 너구리

감자꽃 사람

산빛 김정구

좋아하는 그 사람은 감자꽃 피면 막걸리 한 병 안고 집나와

감자꽃 동동 달빛동동 동심초를 부르다가 새벽별을 맞는다

삼생삼세 십리도화

산빛 김정구

승화시켜야 하리 당신과 죽고 못 사는 좋아함도
삼생삼세 걸쳐 이루어야 할 일

화생하여야 하리 당신과 같은 하늘아래 못 있을 미움도
십리꽃길이면 마쳐야 할 일

당신을 껴안다

산빛 김정구

내 입은 생닭 잡아먹은 놈처럼 비릿하오
내 속은 고래 잡아먹은 놈처럼 기름지오

내 몸은 대서 염전의 땡볕처럼
끓어 오른 콩밭에 가 있소

눈물

산빛 김정구

한 사람의 밤새운 자리를 적셔두면

사람들은 진 데를 피해간다

해당화에게

산빛 김정구

마음은 다치고 싶지 않아
손끝만 살짝 찔렀는데

찔끔 한 방울의 눈물에
울컥 소나기가 터지다

잉크 한 방울

산빛 김정구

검지 펜 끝 피 한 점 숨 멎듯 글썽이더니

'그립다' 몇 자 속이 고작인 잉크 한 방울

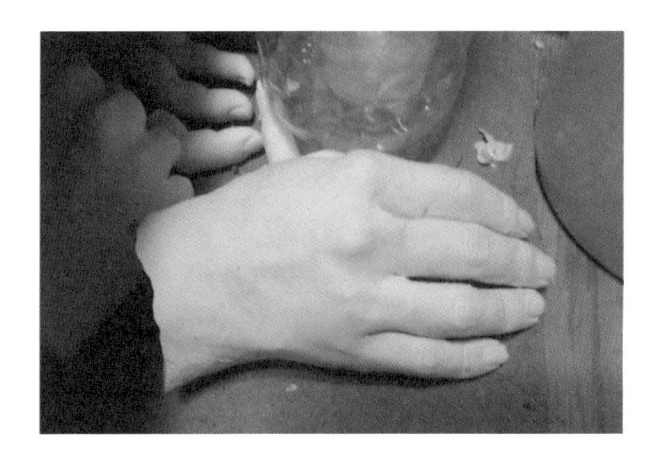

더더버리

산빛 김정구

새벽까지 기다렸습니다
당신을 손 더듬어 닿을련지

당신께 말 더듬어 울리련지
이윽토록 떨리었습니다

주) 더더버리 : 말을 더듬는 사람

눈물뜸

산빛 김정구

오늘은 너의 창에 날아가 앉으마
너의 가지 너의 등걸에 부시 쳐서

속심의 탄을 내리고
일백 여덟장 움잎으로 눈물뜸을 뜨마

상(相)

산빛 김정구

천강(千江)의 달, 너에게 가까워지려고

팔만 사천억 허공을 걸고 또 걸어

뜸숲

산빛 김정구

찾아오는 당신이 잘 보일까
한 장 뜸 숲을 태우니

아 몸이 자유롭다
안개 속 그리움이 훤하다

소식

산빛 김정구

여시아문
십만송 제비꽃 필 무렵

한 올
향 오라기 내어 저를 피우다

민들레

로하 장 춘 화

노란 미소 어여쁜 넌 어제의 나
떠날 준비를 마무리 중인
하얀 깃털은 내일의 너

뽐내지 마라 서러워 마라
우리 인생이란다

이게 너야

로하 장 춘 화

꽃잎 하나 뚝 떨어진다
냉큼 주워서 꿀꺽

내게
또 하나의 심장이 생겼어

노을 지다

로하 장 춘 화

더위에 지친 긴 하루를 보내고
늘어진 마음 하얀 한 모금 한숨 실어 길게 내뱉고

볕에 그을린 임의 발걸음 석양을 등지고
노을에 이끌려 오시는구나

엄마도 그 나이였단다

로하 장 춘 화

딸아
그리운 마음이 조심스레
사랑으로 옮겨 가거든
두려워 말아라

이별의 아픔이 때때로
올라오거든
가만히 두고 기다리거라

사랑아
이렇게 너만 바라볼게
나는 너를 담는 중이야

나는 너를 그리고 있어
하얀 겨울에 너와 내가 쓰게 될
겨울 이야기

나는 꽃을 담고 그대는 나를 담고

로하 장 춘 화

고운 꽃 한 송이 담으려는데
그대가 나를 담고 있네요

꽃보다 곱게 물들고 있는 나
그대가 알았을까요
마음이 방긋 피어납니다

사랑이 익어간다

로하 장 춘 화

보고 싶은 걸 참고 참아 하얗게 익어갔겠지
마침내 그 설움 터트려 피어난 국화는

지나는 바람에 사랑을 달래며
낙엽의 눈물을 위로할거야

하늘에 그린다

로하 장 춘 화

프레임을 건 눈 시린 하늘에 마음 한 조각
그대 미소 닮은 구름 띄우고 바람을 불어 넣었어

말간 하늘을 올려다보는
풍경 속 여인은 파아란 그리움이야

바다에 그린다

로하 장 춘 화

캔버스를 펼친 쪽빛 바다에 반짝이는 한 사람
물결에 그대 눈빛 닮은 햇살을 뿌려 넣었어

소리 없는 발자국 손잡고 걷는 너와 나
풍경 속 일렁임은 하이얀 추억이야

동백아가씨

로하 장 춘 화

수북이 쌓인 눈으로도 가릴 수 없는 얼굴
속눈썹에 투명한 눈물방울 맺혀
송이송이 매달린 설중 동백화야

웨딩드레스에 동백 부케 수줍게 행진할 때
얼굴 따라 물들던 열아홉 순정
새색시 우리 언니를 기억하니

꽃잎보다 붉은 맘 눈밭에 두고
유난히 탐스러운 동백이 피었던 어느 해
흐드러진 꽃길을 지나 시집을 갔단다

떨림

로하 장 춘 화

흔들 그네를 타고
어깨 돌려 나를 바라본다

나 좋아
응
그네가 빨개졌다

흔들 그네를 타고
머리를 쓸어 올리며 속삭인다

네가 좋아
어머나
그네가 파르르 떤다

참지마

로하 장 춘 화

수백 번 삼킨 말 수만 번 삼킨 호흡
보고 싶다고 말해

계산되지 않는 마음 참아지지 않는 그대
멍울이 되잖아

그렇게 우린 별이 됩니다

로하 장 춘 화

한사람이 또 한 사람을 만난다는 것
한사람이 또 한 사람에게 마음을 연다는 것

그건 우주로 들어서는 입구를 마주하는 것
작은 먼지 하나가 반짝이며 별이 되는 것

해무 소녀를 삼키다

로하 장 춘 화

파란 바다에서 뭉실뭉실 피어오른 구름
섬을 하나 삼키고 좀 더 큰 섬 하나를 삼키면
언덕 위에서 어린 소녀는 두 팔 벌려
구름이 될 준비를 한다

하얀 입김으로 소녀를 휘휘 감돌던 구름은
그제야 만족하며 바다로 내려가
큰 섬을 토해내고 작은 섬도 토해낸 후
바다가 되어 침묵한다

피어난 구름이 굴등 끝 가는 곶이 위
비탈진 밭 풀 매는 엄마 발밑까지 차오르면

소녀는 기꺼이 구름을 안고
시원한 물 알갱이 신비로움에 갇힌 포로가 된다

다시 구름이 아래로 아래로 담박질을 하고
삼켰던 등대를 토해내고
작은 어선도 토해내면
구름바다는 바다 속으로 스며든다

해무 속에 푸욱 젖고 싶은 날엔
짭짤한 바다 냄새가 코끝을 간지럽히고
풀 메는 엄마의 흥얼거리는 노랫소리 귓전에 돌며
마음 바다에서 스멀스멀 구름이 피어난다

우연 또는 필연

로하 장 춘 화

꽃 한 송이
물가에 피려고 한 것은 아니었을 거야
비바람에 떠돌다 우연히 머물게 된 거지
당신도 내게 그랬으니까

구름이
호수에 담기려고 한 것은 아니었을 거야
꽃을 보러 왔다가 그만 빠져버린 거지
나도 당신에게 그랬으니까

뒷모습을 읽어봐

로하 장 춘 화

어깨너머 걸쳐진 이야기는 햇살 속으로 퍼지고
가슴 속에 담긴 설렘은 구름 위로 전송 중

먼 실루엣으로만 전해지는 콩닥거리는 마음을
그대는 아는지

들켜버렸어

로하 장 춘 화

눈길이 마주 닿아 버렸어
햇살에 반짝 빛나는 이슬방울

부끄러워 그만
뚝 떨어지는 그 마음을

비밀이 걸어와

로하 장 춘 화

너는 물길만 보고 걸었고
나는 너의 발만 보고 걸었어

도란도란 흐르는 건 너와 나의 마음
졸졸 따르는 건 수줍은 나의 고백이었지

바보 맞아

로하 장 춘 화

꿈속에서도 차마 말 못하고
바라만 보며 가슴앓이 하는
넌 누구

흐린 날 빗소리에 오지 않는 임의 전화
만지작만지작 손가락만 애태우는
넌 바보

그댈 만나러 가는 길

로하 장 춘 화

마음을 알아차린 아침 해가
뒤에서 비추고

마음을 읽은 그림자는
앞서가고 있었다

열정과 냉정 사이

로하 장 춘 화

보고 싶다 말하면 다시 못 볼까 봐
입술을 깨물어
그 말 삼키고 말지

사랑한다 말하면 다시 못 웃을까 봐
차라리 눈을 감아
그 말 재우고 말지

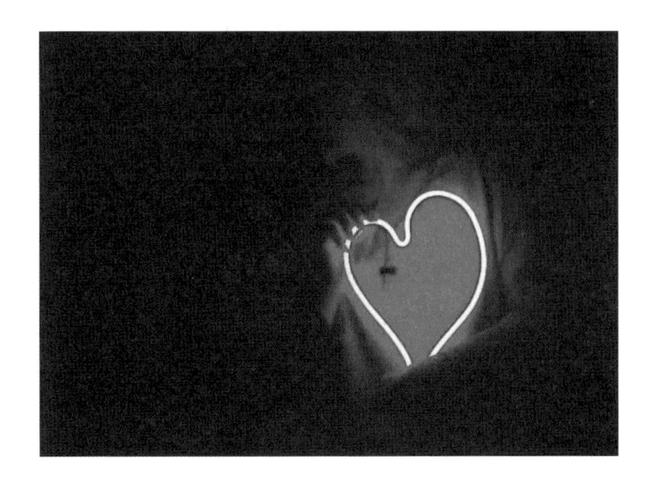

Reset(리셋)

로하 장 춘 화

그림자만 스쳐도 행복 했던 시간
그림자 없는 곳에 보냈습니다

목소리만 들려도 가슴 뛰던 시간들
마음속에 음소거 상태로 다운 중입니다

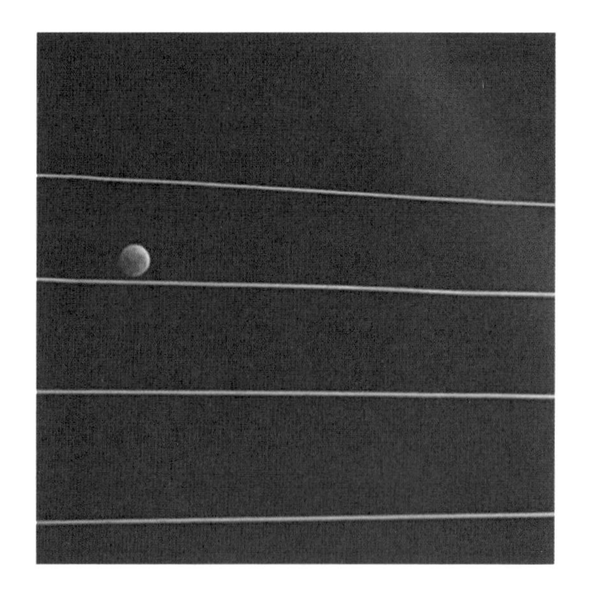

일기장

로하 장 춘 화

간절했고 아팠고 꿈꿨던 어설픈 소녀
먼지를 쓰고 책꽂이 한편에서 잠들어 있던
그 과거의 시선이 현재를 빤히 바라보며 묻는다

그대가 나의 미래인가요

메이즈 러너

로하 장 춘 화

어쩌면 이미 입구와 출구는 정해져 있을
인생 미로

이길 저길 헤매고 다니는 꿈꾸는 인생

바람이 얼다

로하 장 춘 화

바람이 스쳐 간 가지마다에는
겨울 눈물 하얀 꽃으로 피어나
그대 떠난 강 허리쯤이 얼어
바닥에 내려앉았다

아른거리는 너의 생각
서러움이 찬 서리로 내려앉아
보내버린 텅 빈 가슴 언저리에
숨소리마저 얼어 반짝인다

두근두근

로하 장 춘 화

대롱대롱 쫑알쫑알 비가 오나 봐
촉촉이 함께 맞으니 춥지 않다고
빠알간 치마 펼쳐 입고
우리는 짝지

속닥속닥 다정다정 비가 내리네
달락 말락 스치는 어깨와 시선
우산속의 너와 나 마냥 좋은 두근거림
우리도 짝지

덜컹 겁이 나

로하 장 춘 화

수줍은 청량한 향이 톡
순수한 하얀 미소가 톡
유혹하는 아찔한 꽃술

입술 살포시 포개다
하얗게 찔려버렸어
어쩌나
빠져드는 이 달콤한 순정

알밤

가을하늘 신 영 준

너와 나 끈과 끈
얽히고설켜
찬찬히 풀어도 하 세월에
멈추도록

그녀가 울 때쯤
코스모스가 피고
그가 올 때쯤
밤 가시가 벌어져

사랑이 왔다는 것은
먼데를 바라보는 것이다
밤송이가 송이채 떨어져도

솔릭

가을하늘 신 영 준

가을이 오는 소리는
다르게 읽힌다
나무와 숲, 구름, 하늘에게

고개 숙이는 시간
흔들리는 잎새
아파야 하는가
저만치 바람이 온다

백일홍

가을하늘 신 영 준

등을 밟히면 엎어지지
슬픈 앞판은 감출 수 있어

가슴을 밟히면 말야
하늘을 보며 넘어져서
부끄러운 민낯을 가릴 수 없어
하늘에 은하수가 흘러
그렇게 눈물도 흘러
일어날 수 있을까
등이 무거워

강 같은 꽃을 태우고 보내며

가을하늘 신 영 준

그의 사랑은 너무 촘촘해서
삶의 초침이 일찍 부서졌어요

그의 가난은 너무 아름다워
흐르는 눈물 가리지 못하고
뿌연 염천에 모래 한 줌 쥐어 뿌려요

석별

가을하늘 신 영 준

등이 흔들리고 나서
눈물이 쏟아지면
많이 슬픈 것이다

찢어진 구멍 틈
등으로 우는 나를 들킬까
우산을 괜스레 돌리고 있다

벌서다

가을하늘 신 영 준

가슴이 멍 때릴 때가 있어
그리울 때

재채기에도 쏟아지지 않는
목에 얹어 놓은 채 종기가 된
너를 향한 애모 한 덩이에 몽롱한
그래 그리 멍 때릴 때가 있어

복

가을하늘 신 영 준

바위의 기구(祈求) 동전이
비를 맞고 있었다

누군가의 소원이 비를 맞으며
버티고 있었다

짝사랑

가을하늘 신 영 준

내 가슴에 그대가 보낸 편지는
발신처가 없네
온 편지는 너덜너덜 남루하여도
쓴 사람은 보낸 일이 없네

내 가슴이 뜨겁게 쓴 편지는
수신처가 없네
쓰는 나는 깊은 목마름인데
받을 사람 도로명이 없네

포말

가을하늘 신 영 준

가지마라 그대
부끄러움의 시간은 길지 않아

그림자 드리운 절벽을 지나
안개 뽀얀 언덕도 지나
주저앉고 싶은 피로는 서글퍼도
가지마라 그대
거짓을 벗으며

꽃이 별에게

가을하늘 신 영 준

사랑한다는 것은
착각을 집착처럼 쥐고
목마른 갈증을 체온으로 마시다가

문득 고개를 들어보면
긴 메아리 환청으로 오고
종종걸음 치며 가슴께를
맡겨버리는 것이다
허공쯤으로

남자도 갱년기를 겪는다

라곰 김 재 근

별거 아닌데 욱해지고
눈물이 뜬금없이 핑 돈다

가을 나이로 여자가 되려나?
달달한 게 당긴다

꼰대

라곰 김 재 근

바닷물이 얼음 될 때엔
목숨 같은 소금 한 톨 남기지 않고 다 내놓는데

무엇을 아낌없이 내놓아야
맑은 어른의 길로 들어설 수 있을까?

편을 갈라버린 여행

라곰 김 재 근

남자들은
신이 만든 명소에서

소박한 술의 축제로
신에게 빡세게 다가서는데

여자들은
인간이 만든 명품 속에서

감탄의 울림 축제로
친구에게 격렬하게 다가서고 있다

책갈피를 접은 것처럼

라곰 김 재 근

내 마음을 야무지게 접었더니
날 뒤에서 와락 힘주어 안고는

속마음으로
따뜻하게 포개어 왔다. 쌀쌀했던 당신이

다가설 때면

라곰 김 재 근

다소곳한 눈빛 걸음 수 세고
섬세한 숨결 가슴의 박동 수 세며 가는데

내 숨소리 듣는 당신의 눈빛은
이 마음 어디까지 세고 있으시나요?

클릭만

라곰 김재근

미리보기가 있어요?
다시보기도 있다고요?

의미 속에 뛰어든 지금해보기는 어때요?
이 꽃봉오리 순간을 놓칠 순 없잖아요?

중요한 게 뭔데

라곰 김재근

만들어진 기준으로 사시나요?
기준을 만들며 사시나요?

답답하신가요?
그러면 바꿔보세요

자문자답 - 나로 살기

라곰 김 재 근

나만의 문제 내어
그 답 찾아 길을 낸다

길 따라 마음 따라
그 답으로 신명나게 살아간다

사제

라곰 김 재 근

여자는 시도 때도 없이
언어로 묻는 수다의 수행자이고

남자는 시도 때도 없이
몸으로 탐구하는 욕구의 구도자이다

이제 그만 가자

라곰 김 재 근

한바탕 신나게 잘 놀다 가면
그 뿐이지

바람과 파도가 알아서
첫 시간으로 팽팽하게 되돌려 놓을 테니까

각본 없는 드라마

라곰 김 재 근

비는
명연출가인가 보다

구경하는 사람들이
저마다 하고 싶은 말로

무대에 마구 오르게 하니까

타임 사진

라곰 김 재 근

그때 당신이 기다리는 내가
미래에서 당신을 애태워 보고 있소

미래의 사연을 지금의 우체통에 넣으면
과거의 당신이 받을 수 있을까요?

또 쓰시는가?

라곰 김 재 근

벼린 빗자루로 땅 쓸면
땅 얼굴의 때가 시원스레 소리로 벗겨지고

속세로 드나드는 마음자리 쓸어내리면
세속의 때도 둘둘 말려 떨어지겠지요?

이를 어째?

라곰 김 재 근

이젠
그만 손 풀어도 될 것 같은데

눈빛은
마냥 잡고 있어야 한다고 한다

아련한 눈빛

라곰 김 재 근

지나간 시간의 바람이 향기 되어
네게도 찡하게 아려오더냐?

눈 감고 애태워 냄새 쫓다가
그 흔적이라도 찾았나 보구나

그 시간 속으로

라곰 김 재 근

상처 이겨낸 딱지에
새살이 차오르다 힘겨우면

그 시간이 몸살처럼 흉터로 남아
애틋한 아픔을 당신처럼 만지작거리겠지요?

숯불의 항변

라곰 김 재 근

바람피운다고
고운 눈 흘기지 마시게

언제나 불을 가슴에 품고 살아
부채바람이라도 빌려야 얼굴 환해진다네

당당해서

라곰 김 재 근

임이랑 정열을 밤으로 다 태워
깜빡깜빡 졸며 맨몸을 초록으로 충전하는데

어머, 너희들도 어젯밤이 좋았나보구나
그렇게 꾸벅꾸벅 조는 걸 보니

10월의 어느 멋진 날에

라곰 김 재 근

커피로 졸음 마셔대다
네 얼굴이 밝아 오고 있었지

그때 서툰 키스의 시간 따뜻하게 음미하는데
왜 손에 꺼억 꺽 힘이 들어가는 거지?

남자의 속셈

라곰 김 재 근

빨대 꽂은 내용물 보면서
줄곧 맛있겠다 되뇌이다가

손바닥 맞대며 하는 말
누나 예뻐

빈자리

라곰 김 재 근

하늘은 견딜 수 없이 높아가고
연인들의 눈빛은 하늘 높은 줄 모르고 맑아지는데

부메랑으로 시간 거슬러
가슴을 과녁으로 올라오는 이 자리가 보이시나요?

부부로 사는 것은

라곰 김 재 근

익숙해진 걸까? 길들여진 걸까?
그러다가 감동을 주는 말은

세상에서 당신이 최고야
아주 가끔은

연모

라곰 김 재 근

어찌 알고
내 맘으로 넘어 왔더냐?

너도 맘에 움이 터
꽃핀 걸 감출 수 없었던 게지

홍조

라곰 김 재 근

애틋한 만남을
만지작거리다가

그만 그리움만 뻔뻔하게
키우고 말았습니다

다이어트

김경태

긴 밤 지새우는 밤에는
생각을 줄여야 합니다

양 수백 마리 세는 밤에는
사랑을 줄여야 합니다

밥상머리

김 경 태

아내의 현란한 핸드폰 연출에
나의 수저를 들었다 놓는다

■ ps
어릴 적 아버지가 수저를 뜨기 전에는 감히
이제는 아내의 핸드폰을 찍기 전에는 감히

압력 밥솥

김경태

그 소리는 항상 정겹다
나를 미소 짓게 한다

그 소리는 항상 그립다
나에게 힘을 준다

항상 요란한 그 소리
그래도 곱살스럽다

그대가 떠난 자리
경적 울리며 멀어져간다

오늘도 나는 기다린다

보이스 피싱

김 경 태

그대 목소리에
내 머리가 혼미해지고
그대 달콤함에
내 마음이 도둑맞았다

꿈

김경태

자고 나면 피곤해요
빠짐없이 네 꿈 꾸니

너도 많이 힘들 거야
매일 꿈에 불려 와서

와이퍼

김 경 태

당신의 눈물을 닦아줄게요
눈물이 많아 바쁘긴 해요
닦아주던 내 마음도 닳긴 해요

공감

김경태

조용히 소리 없이 듣고 싶고
지그시 눈을 감고 보고 싶다

— 텔레파시

L.O.V.E. = Apology

김경태

사랑은 두 손으로 할래요
한손으로 빌 수가 없기에

사랑은 두 다리로 할래요
한 다리로 꿇을 수 없기에

교차로

김 경 태

당신을 만나기 위해
그토록 수차례 돌고 돌았다

당신과 인연이 되길
그토록 오랫동안 기다리고 보냈다

ㅡ 초보운전자

명의

김 경 태

쓸개 빠지고 간 큰 남자
정신 나가고 속 터지는 남자
치료받으러 갑니다
치료는 아내 잔소리

신드롬

김 경 태

슈퍼맨에서 벗어나고 보니
피터팬에서 벗어나라 하네

■ ps

완장도 차고 싶고
네버랜드에도 살고 싶고
욕심이 과한가

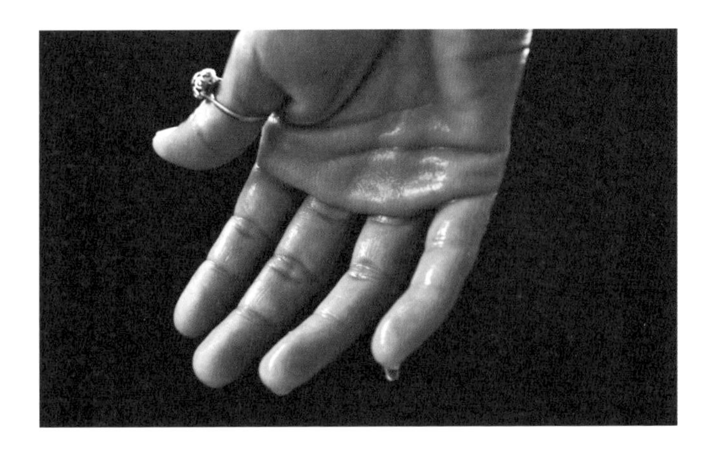

CC-TV

김 경 태

내 마음속 외진 곳에
너 하나 고이 달아

가는 시간 멈춰 세워
다시 보고 저장하고

번개

김 경 태

어제
모임에 갔다
벼락 맞았다

오늘
모임에 갔다
전기 통했다

연필과 지우개

김 경 태

살을 도려내는 노력을 했건만
아직도 나의 흑심을 숨길 수 없네

살을 벗겨내는 노력을 했건만
아직도 나의 진심을 찾을 수 없네

■ ps
연필가루는
심장에 붙어 글로 날갯짓하는데
지우개 가루는
정착을 못하고 피떡을 토해낸다

완벽

김경태

버그 없는 게 버그
오류 없는 게 오류

당신은 너무 완벽해
가까이 하기가 두려워

알람음

김 경 태

재즈도 블루스도 싫어요
당신 속삭임이 최고예요

음성도 진동도 싫어요
당신 손길이 최고예요

진동벨

김 경 태

나 떨고 있어
니가 델꼬와

너의 작은 떨림
표가 나도 예뻐

선입선출(先入先出)

김 경 태

내 심장으로 첫느낌이 입고되어
내 심장에서 첫사랑이 출고 된다

휴지통

김 경 태

채우는 스케줄은 바쁜데
비우는 스케줄은 한가하다

채우는 욕심은 많은데
비우는 욕심은 부족하다

상처

김 경 태

딱지를 만들어 아물게 하고
흉터를 만들어 기억케 한다

터져도 사랑으로 꿰매고
찢겨도 행복으로 붙인다

오월아

향기로운 박 미 경

두 눈 맞추면
한 걸음 더 다가오는 너는

푸르름과 정열
나의 영원한 연인이다
긴 꿈속으로 달려오는 설렘이다

멈춤

향기로운 박 미 경

아득하고 먼 길
날아오르던 새 한 마리
지치고 무겁던 양 날개를 접어본다

여름비 내린 숲 속
물먹은 나무와 풀잎 되어
생채기 난 흔적 개운하게 씻어 볼까

저녁노을

향기로운 박 미 경

산허리를 넘는 해가
호수를 뜨겁게 안으며 사라진다

타들어가는 갈증
해갈되지 않는 그리움 놓고
늦가을 호숫가 옆에 세 들어 살고 싶다

자화상

향기로운 박 미 경

어두운 터널을 지나
치열하던 내 얼굴은 이곳에 없다
어제의 상흔들은 엎드려 숨죽였다

한바탕 장대비가 지나는 날
황톳물이 나를 안고 저 멀리 떠내려간다

그리운 인연

향기로운 박 미 경

긴 기다림의 끝
마주함도 결국 마주한 게 아니다

발그레한 볼 꽃으로 피었어도
천 년의 애틋함은 숨겨둘 수밖에

백야

향기로운 박 미 경

오직 한 사람을
오래도록 그리워한다는 건
가슴 한 켠에 등불을 켜 두는 일이다

저 들판의 빈 나무되어
때론 쓸쓸한 빗속에서 홀로 우는 것이다

어떤 인연

향기로운 박 미 경

밥 한 그릇을 먹고
차 한 잔을 마셨을 뿐인데

가슴에 꽃이 한 아름
나에게 당신은 이런 사람이다

희망가

향기로운 박 미 경

저 아득한 하늘아래
폭풍 지난 후 들에 핀 꽃을 보라
온 몸이 햇살 받으며 떨고 있다

비바람은 어제의 벗
잠들지 않는 길 위의 꿈이여 노래여

비상

향기로운 박 미 경

한 줄기 바람 되어
세상의 강을 건너가는 사공아

낯선 타향에서
날개 없이도 만 리를 간다
길 위에서 길을 찾는 하늘아래 이방인

산다는 것은

향기로운 박 미 경

지독한 슬픔 앞에서
툭 털고 다시 태어나 숨을 고르는 일

모난 돌 하나 깎이며
외로이 무뎌져 가는 일이다
결국은, 묵묵히 홀로 견디며 걷는 일이다

형산강 연가

향기로운 박 미 경

낮은 풀벌레 울음소리
너와 나는 계절역에 정차중이다

고요한 침묵의 너는
맑고 텅 빈 언어로 떠다니는 부초
부를수록 서럽고 아픈 이름이다

여행

향기로운 박 미 경

내 안의 파도소리 들으며
이 순간도 나를 찾아 떠나는 길

마음속 때 씻으며 한 걸음
부질없는 미련 놓으며 또 한 걸음
어리석음이 다하는 날 그 곳에 닿을 수 있을까

새벽

향기로운 박 미 경

아! 기적이다
잠들었던 영혼이 일어나
바람의 길로 다시 향해 가는

말해 주는 이 없어도
뜨거운 심장은 가야 할 목적지를 안다
만나야 할 사람이 있다

만추(晩秋)

향기로운 박 미 경

잘 물드는 가을은
봄의 개화보다 아름답다

하늘은 드높고
그 아래 사람들의 눈은 맑아져
저마다의 영혼이 한 올씩 투명해져간다

가을연가

향기로운 박 미 경

그립고, 다시 그립고
가을이라 더 애틋해지는 것이다
멀리 있어 가슴하나 시려오는 일이다

나는 온통 너로 물들었으니
이 계절은 눈물겹도록 찬란하다

별을 노래하라

향기로운 박 미 경

한 줄기 태풍이 지나도
하늘을 머리에 인 오늘이 고맙구나

심장이 까맣게 타들어가도
그 속을 자유로이 헤치며 나와
별을 노래하는 이 마음은 기쁨이어라

원시(遠視)

향기로운 박 미 경

다가갈수록
너는 잘 보이지 않았다
그 날부터 멀리 있기로 했다

숲 안에서는 숲이 보이질 않아
무작정 머얼리 떠나 보기로 했었다

걱정하지마

향기로운 박 미 경

모진 비바람 맞고
흙탕물 뒤집어썼기로 꽃이 아니겠는가

그래, 걱정하지마
내일 내릴 비가 씻어 주리니
오늘은 태양 아래 미소 띤 꽃으로 살련다

텅빈 충만

향기로운 박 미 경

작고 낮고
느린 것들 속에 깃든
오랜 평화로움이 낯설지 않다

그 따사로운 것들은
천천히 와 닿지만 깊숙이 스며든다

여름바다에서

향기로운 박 미 경

세상이 아름다운 건
끝없는 흔들림이 있어서 였어

아프고 외로웠던 날들이여
그 흔들림이 없으면 삶도 죽음도 없으리

동행

향기로운 박 미 경

사람 속으로
걸어갈수록 외로울 때는
밤하늘의 별을 바라다 본다

내 가슴이 따뜻해지면
외로움까지도 어느 새 벗이 된다

행복한 편지

향기로운 박 미 경

꽃이 피듯 만나
바람 부는 언덕을 걸어갑니다

서산으로 해 기울고
저 아름드리나무들 흔들려도
이 가슴엔 지지 않는 꽃이 있습니다

독백

향기로운 박 미 경

떠난 이 그리워
엎드려 우는 파도여

마르지 않는
하이얀 눈물을 삼키는
어쩌면, 너는 나를 닮았구나

가을 엽서

향기로운 박 미 경

바스락 바스락
가을을 밟는 소리 들리시나요
무언의 이 아침이 좋기만 합니다

안개 낀 강변을 거닐다
문득 당신이 그리운 걸 어떡할까요
지상에서의 마지막 계절인 듯 걸으렵니다

안부

향기로운 박 미 경

그대 오고 감도
꽃이 피고 지는 것도
내 힘으로는 어쩌지 못하는 일이네

황금빛 가을 들녘
지나는 바람에 안부를 물으니
그대, 안녕하신가요 ?

소울 메이트(soul mate)

향기로운 박 미 경

너의 영혼에 귀 기울이고
나의 목소리를 들려주겠어

그래, 시작은 인연이었지만
이제는 우리가 만들어 가는 새로운 길

■ 작품집

짧은 글 긴 호흡

초판인쇄 2018년 12월 29일
초판발행 2018년 12월 29일
지 은 이 박 용 범 외
펴 낸 이 한 주 희
펴 낸 곳 도서출판 글벗
출판등록 2007. 10. 29(제406-2007-100호)
주 소 경기도 파주시 와석순환로 16, 905동 1104호
(야당동, 롯데캐슬파크타운)
홈페이지 http://guelbut.co.kr
http://cafe.daum.net/geulbutsarang
e- mail juhee6305@hanmail.net
전화번호 031-957-1461
팩 스 031-957-7319
정 가 10,000원

ISBN 978-89-6533-110-0 03810